Escribo con Disney Stitch

Colorea con las LETRAS

cliper

Papel certificado por el Forest Stewardship Council®

MIXTO
Papel | Apoyando la silvicultura responsable
FSC® C117695

Penguin Random House Grupo Editorial

Primera edición: septiembre de 2025

Printed in Spain – Impreso en España

ISBN: 978-84-19487-49-0
Depósito legal: B-12040-2025

Realización editorial: Olga Coderch

Impreso en Índice, S.L.
(Barcelona)

DS 8 7 4 9 0

Escribo con Disney Stitch

Colorea con las letras es un libro especialmente concebido para que las niñas y los niños de 3 a 6 años, se aproximen al mundo de la escritura a través de las letras mayúsculas y los colores.

Forma parte de la colección ***Escribo con Disney*** que, junto con otros cuatro libros —*Las minúsculas, Las mayúsculas, Mis primeras palabras* y *Coloreo con los números*—, completan el desarrollo del aprendizaje global de la escritura.

Este aprendizaje viene precedido de ejercicios que preparan los movimientos de la mano para reproducir las formas de las letras, afianzar el trazo y coger seguridad en la escritura. Son ejercicios de motricidad fina primero, luego grafomotricidad y al final caligrafía. Así, el niño dibuja trazos verticales, horizontales, circulares o en zigzag; continúa siguiendo el trazo con puntitos de cada una de las letras para conseguir escribirlas sin ayuda.

Con esta colección se pretende:

- Desarrollar la creatividad.
- Despertar el interés por la lecto-escritura.

Colorea con las letras consta de 32 páginas, y en cada doble página el niño aprenderá a escribir dos o tres letras que forman parte de un nombre o un objeto muy conocido de la película de *Lilo y Stitch*. Libros maravillosos que acompañarán al niño y a la niña a lo largo del apasionante camino del aprendizaje de la escritura.

Se desarrollarán varias competencias como son:

- Competencia para aprender a aprender, utilizar los nuevos conocimientos en distintas situaciones.
- Competencia en comunicación lingüística, adquirir un vocabulario adecuado.
- Competencia cultural y artística, disfrutar de la estética plástica de las imágenes.
- Competencia matemática, adquirir la habilidad de utilizar los números.

Resigue el trazo y cópialo debajo.

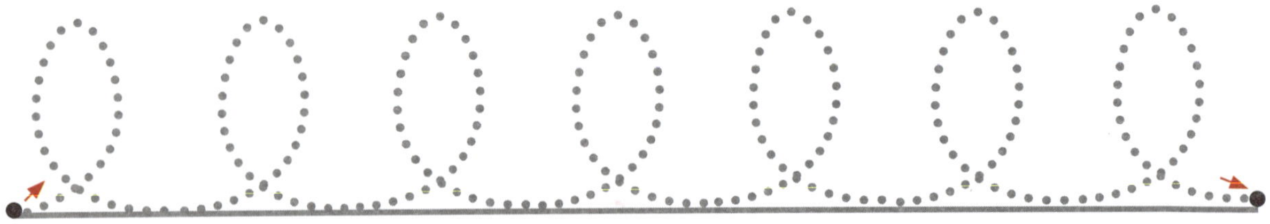

Resigue el trazo y cópialo debajo.

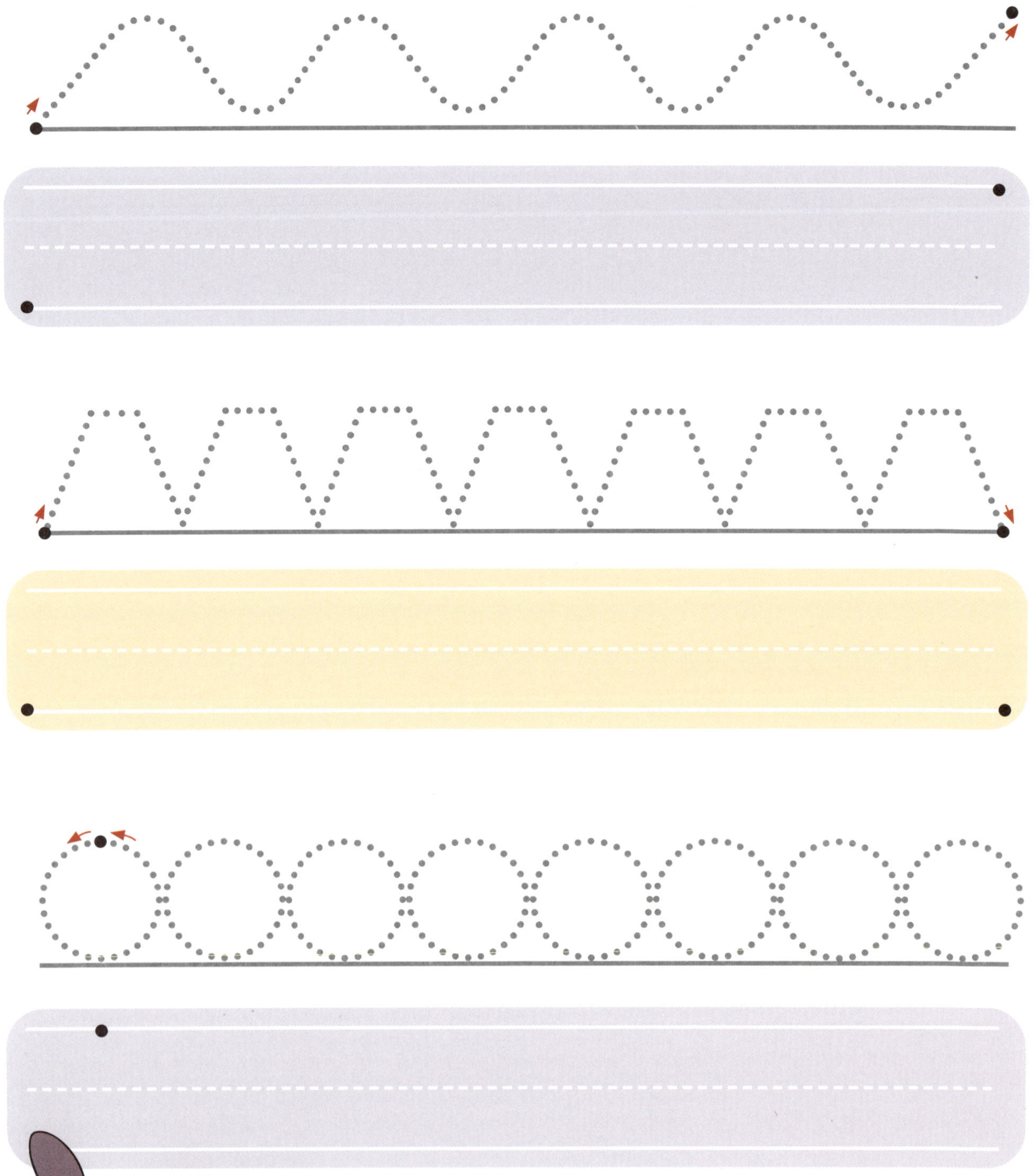

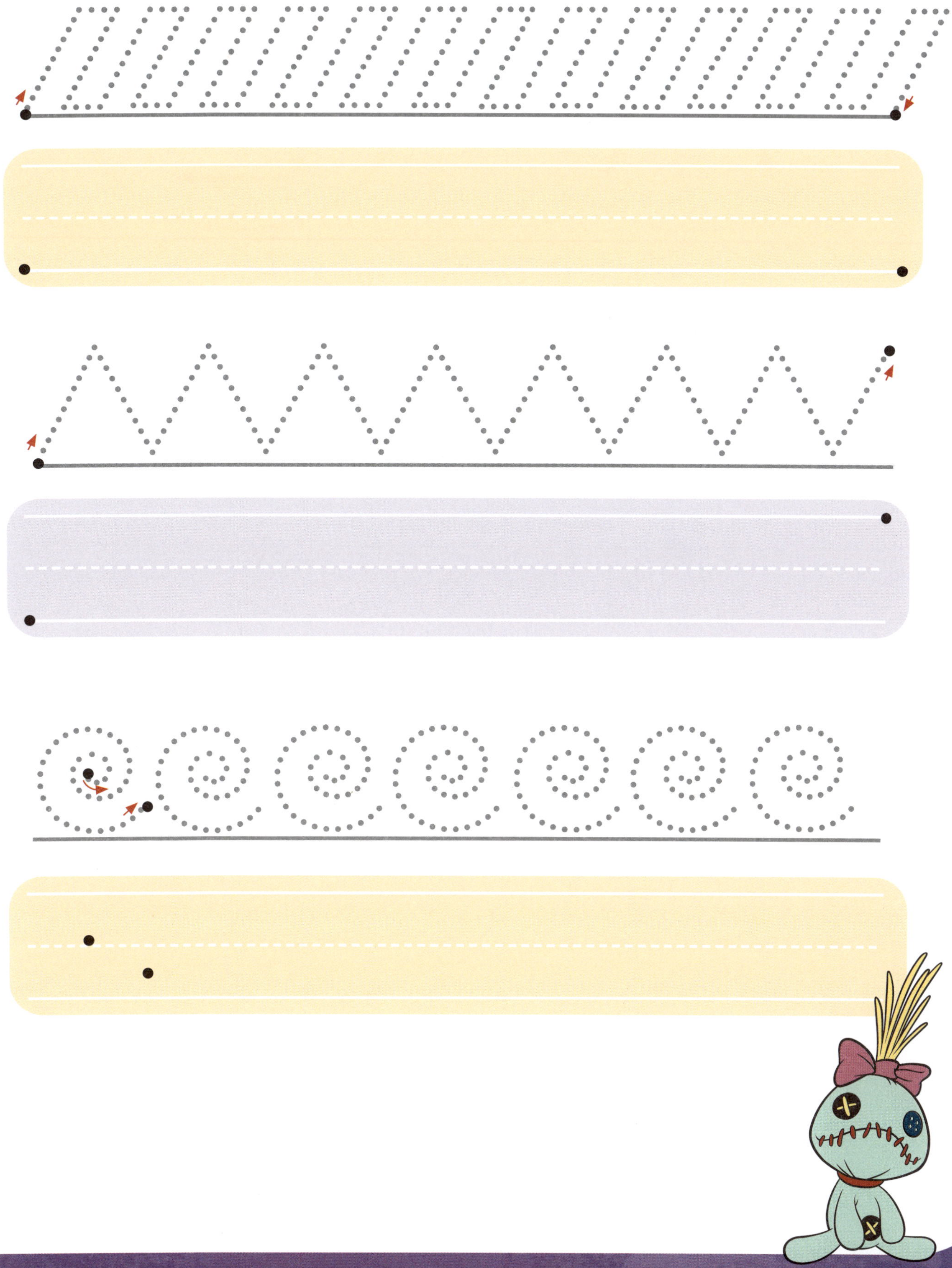

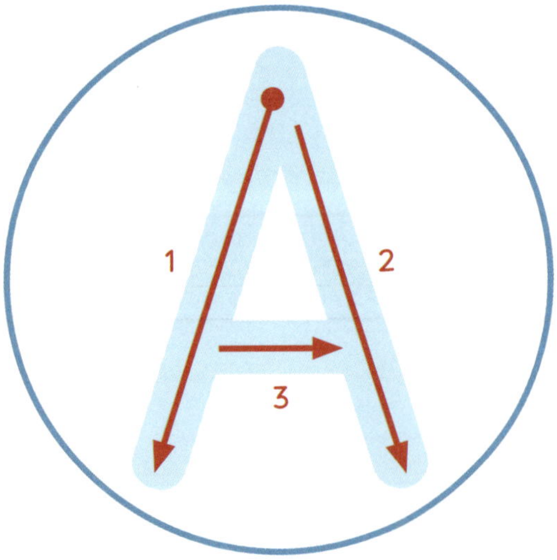
A
1
2
3

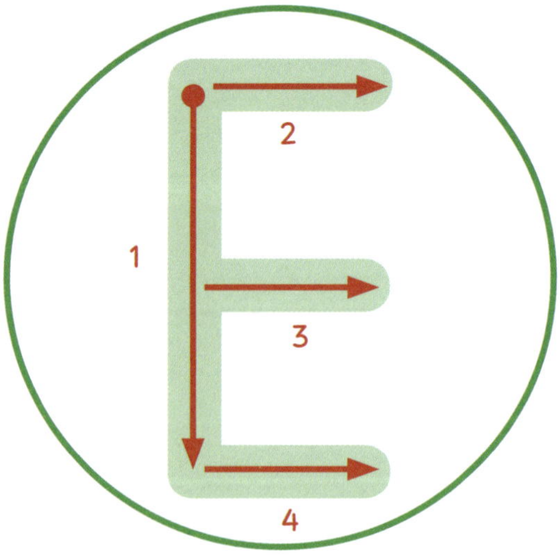
E
1
2
3
4

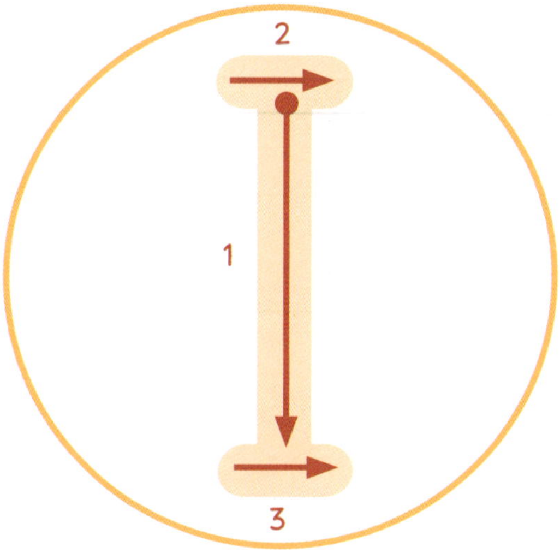

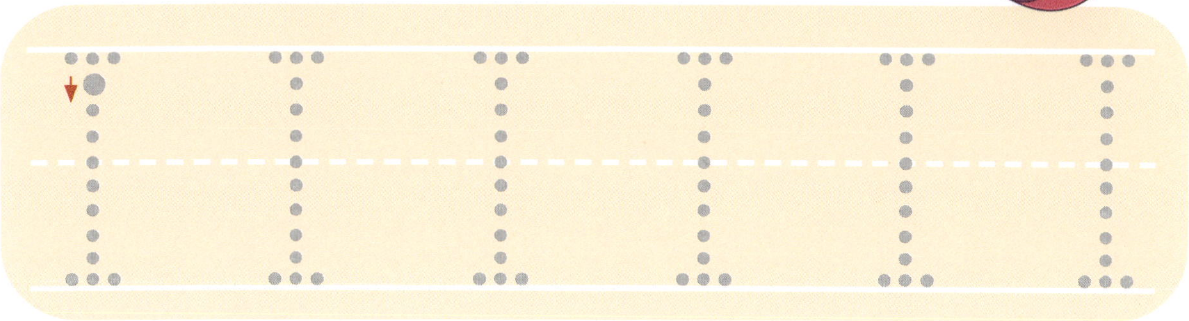

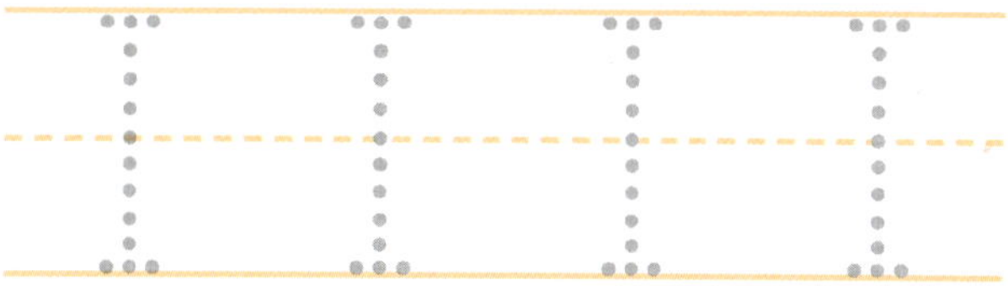

Colorea a Lilo siguiendo la guía de las letras.

A I
E O

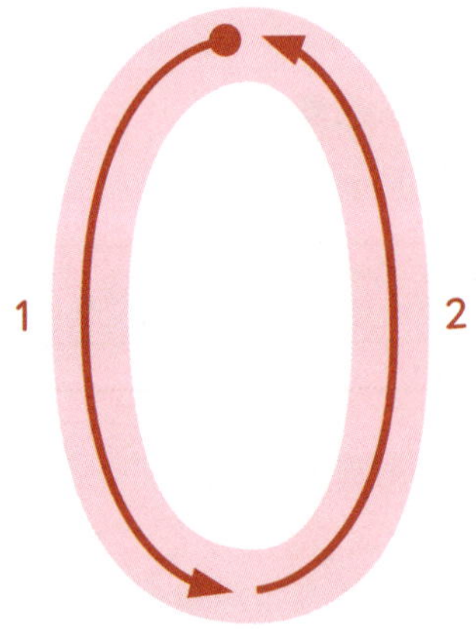
1
2

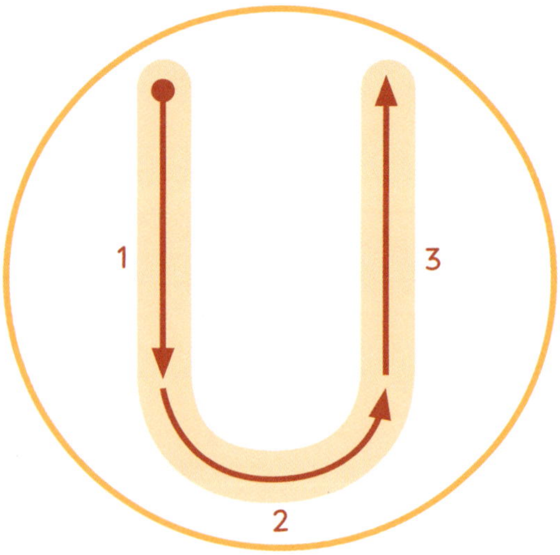
1
3
2

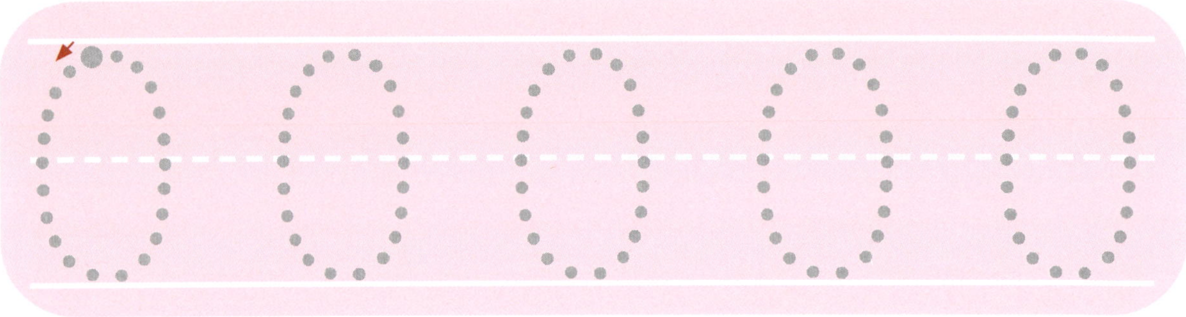

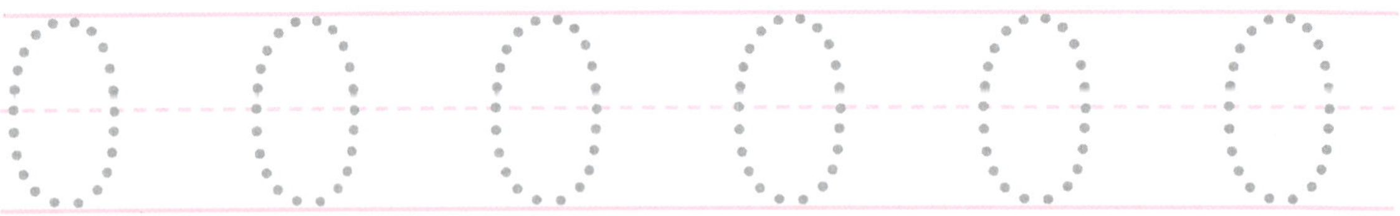

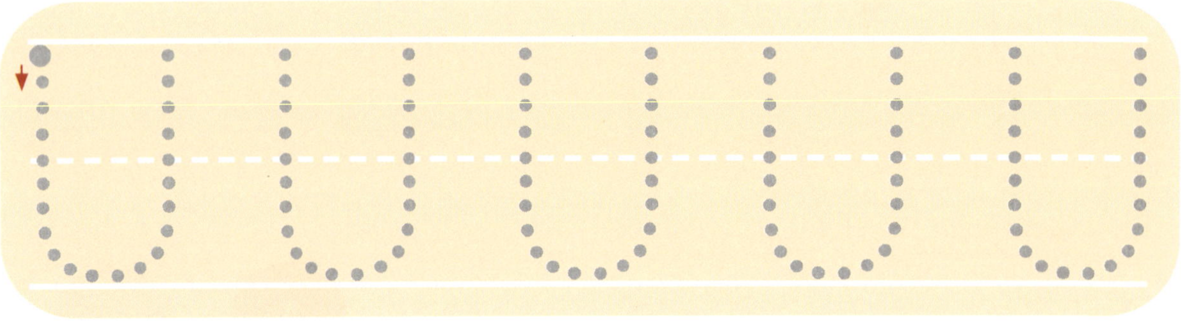

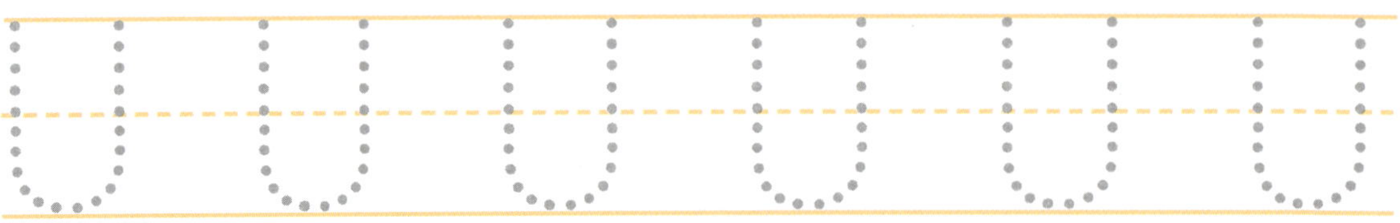

Colorea a Nani, David y Lilo en la playa siguiendo la guía de las letras.

A E I O U M N

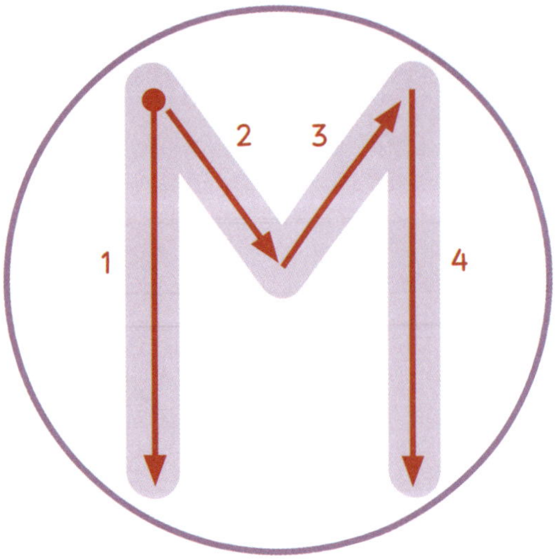
1
2
3
4
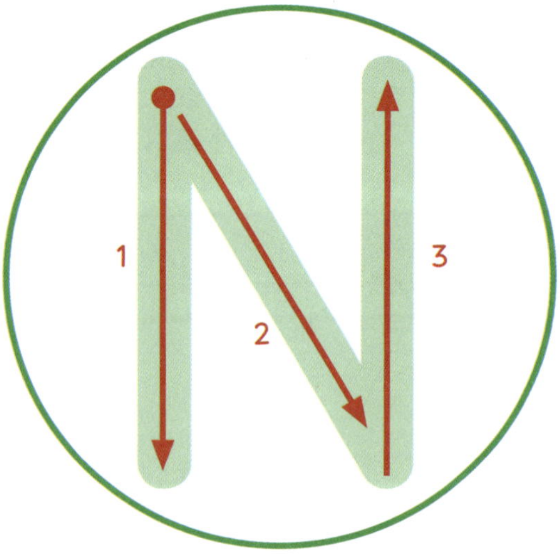
1
2
3
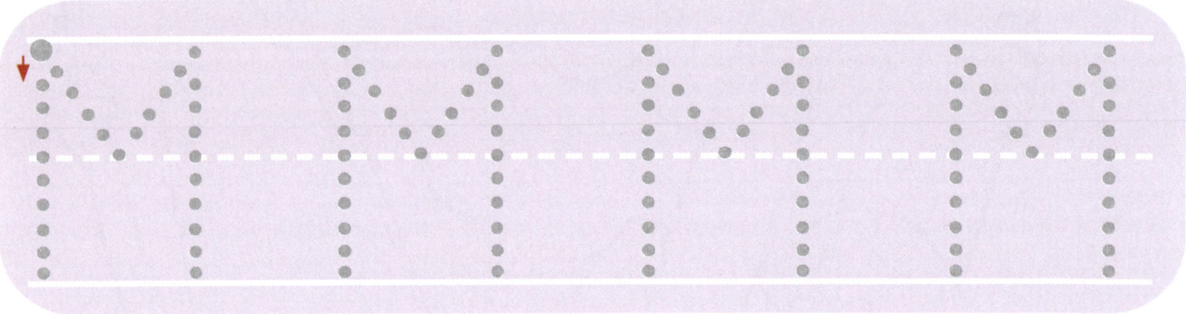
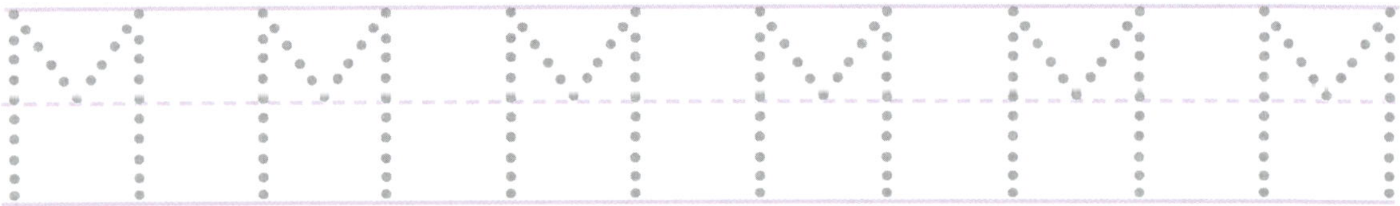
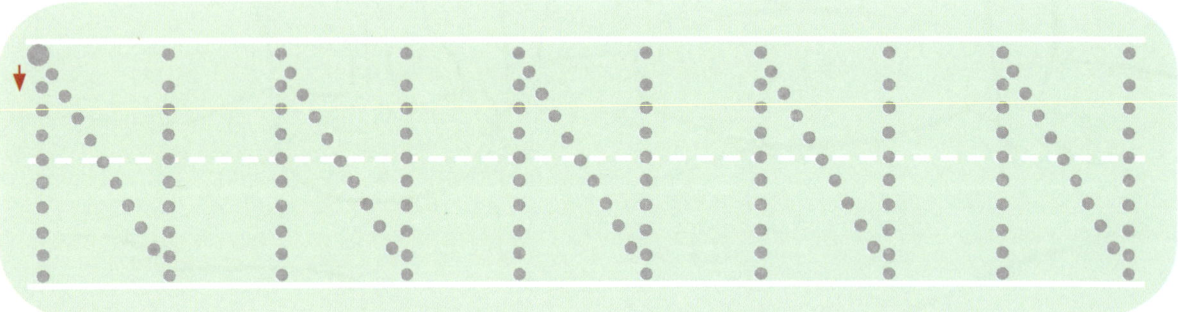
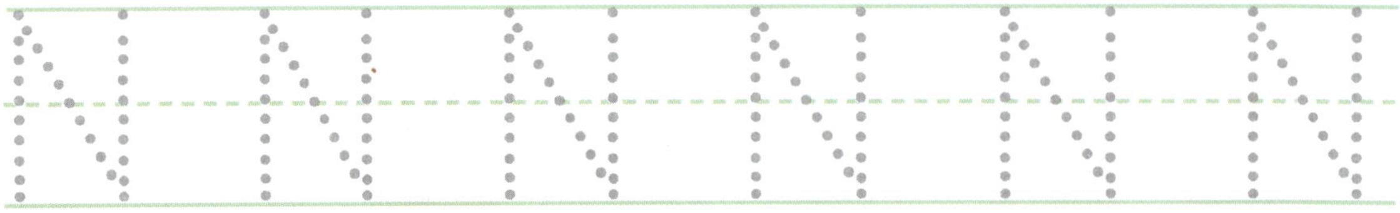

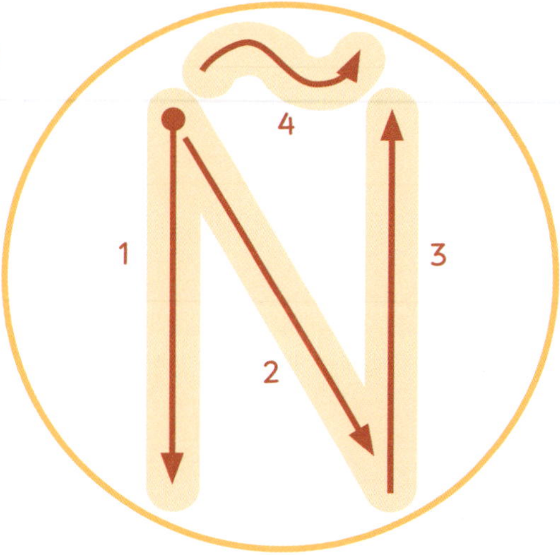

Ñ
1
2
3
4

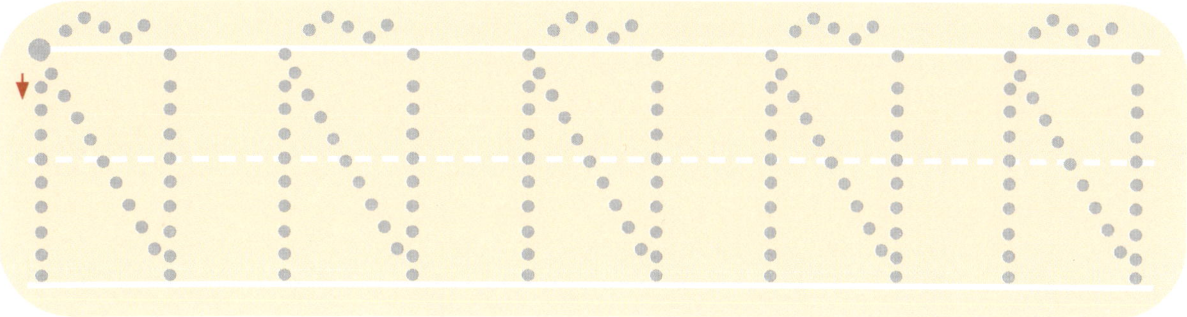

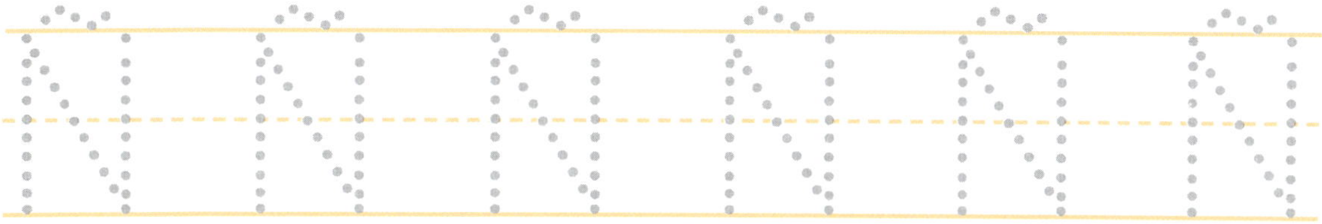

N
N
N
Ñ
N
N
M
M

M
N
Ñ

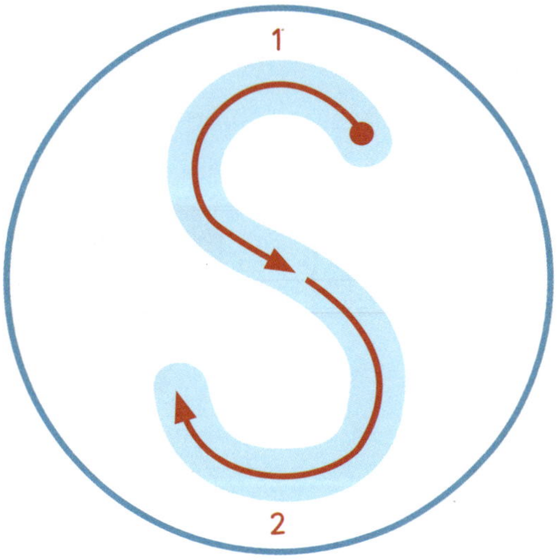
1
2

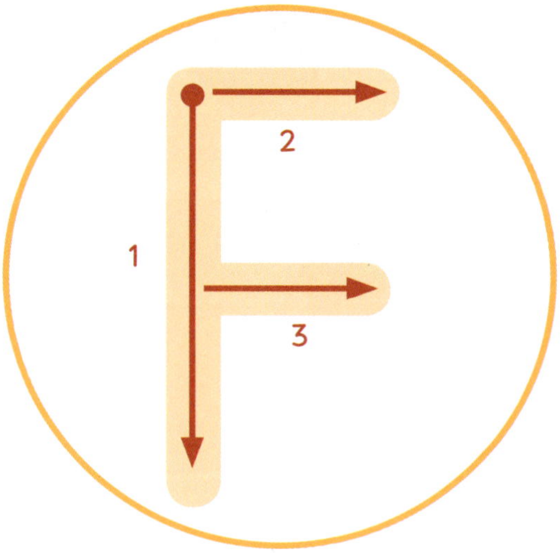
2
1
3

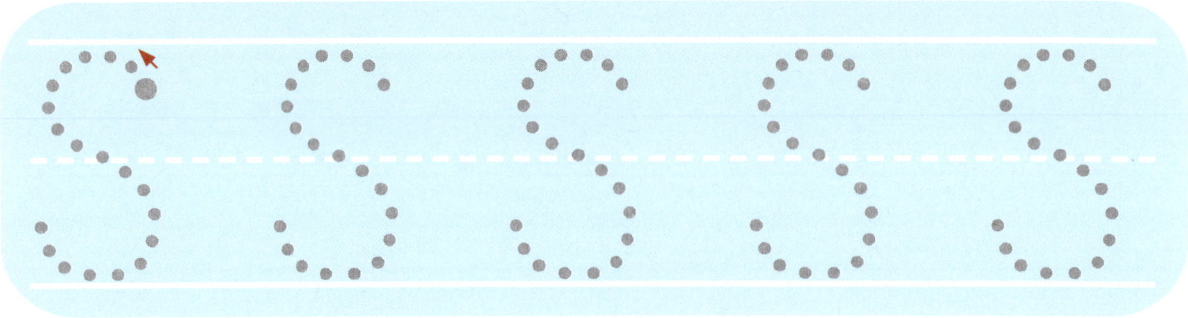

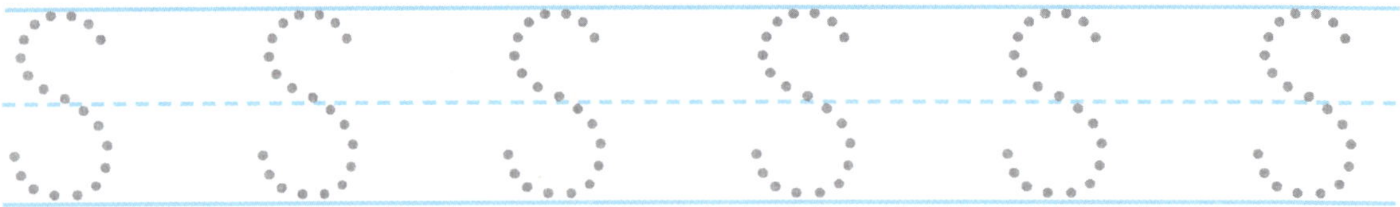

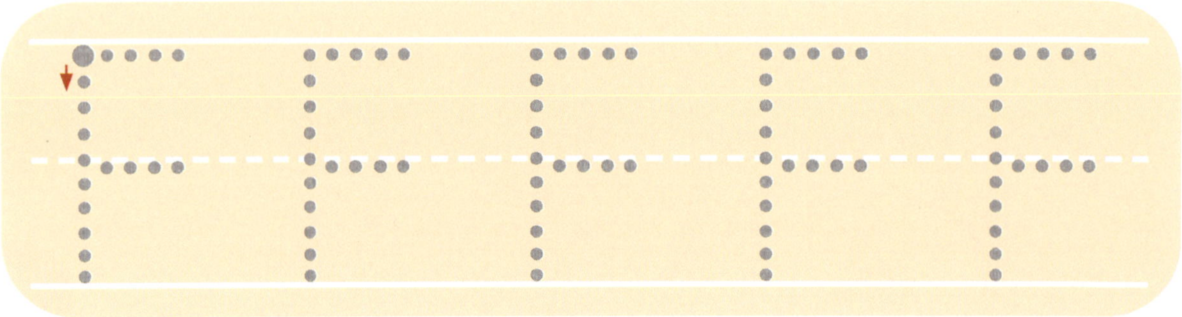

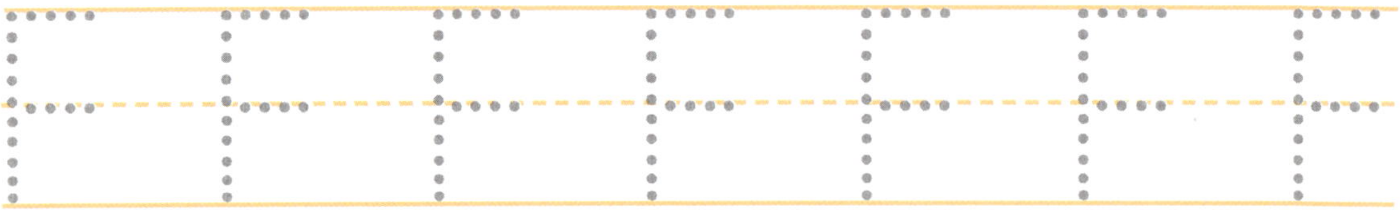

Colorea a Stitch y a Jumba
siguiendo la guía de las letras.

A E M N Ñ S F

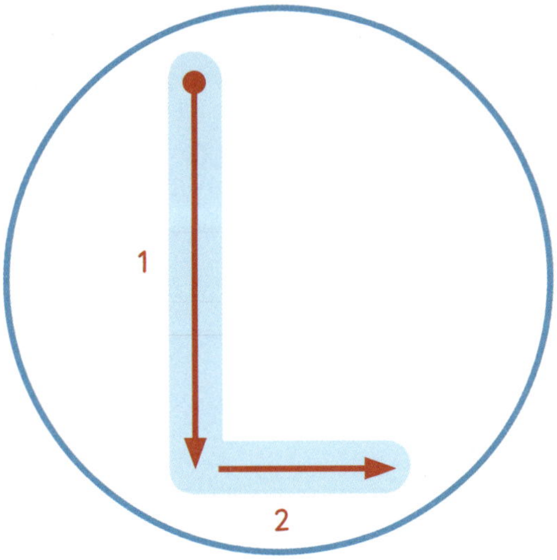
1
2

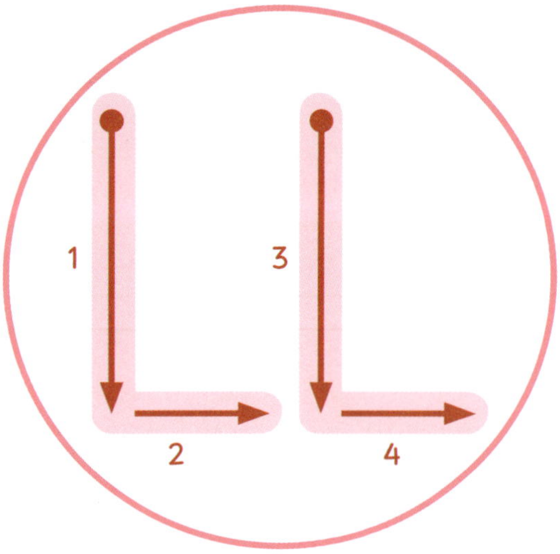
1
3
2
4

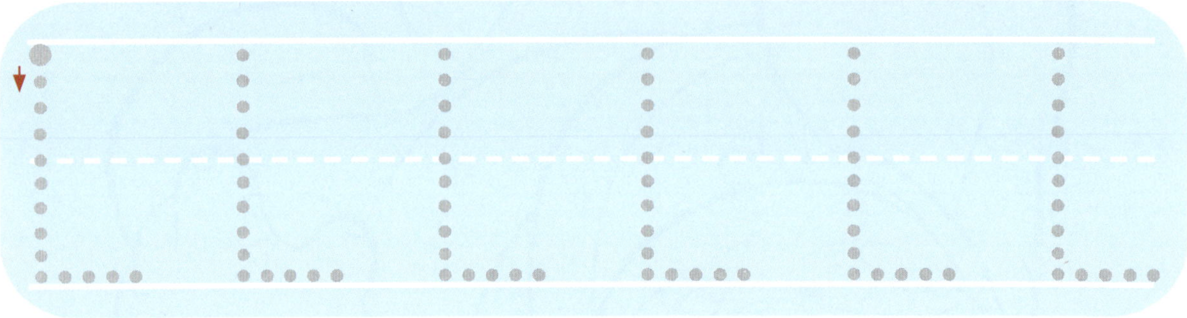

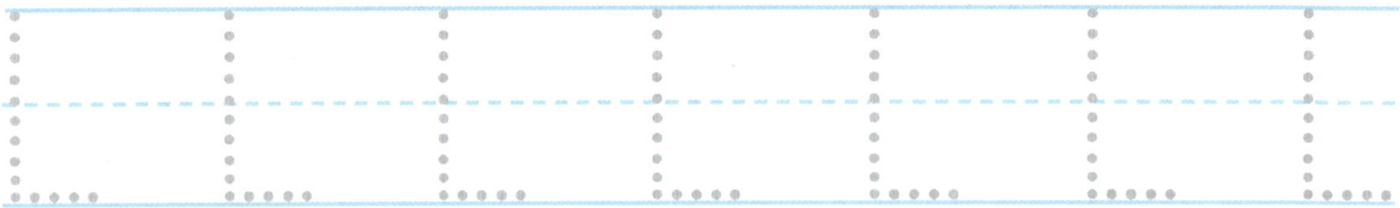

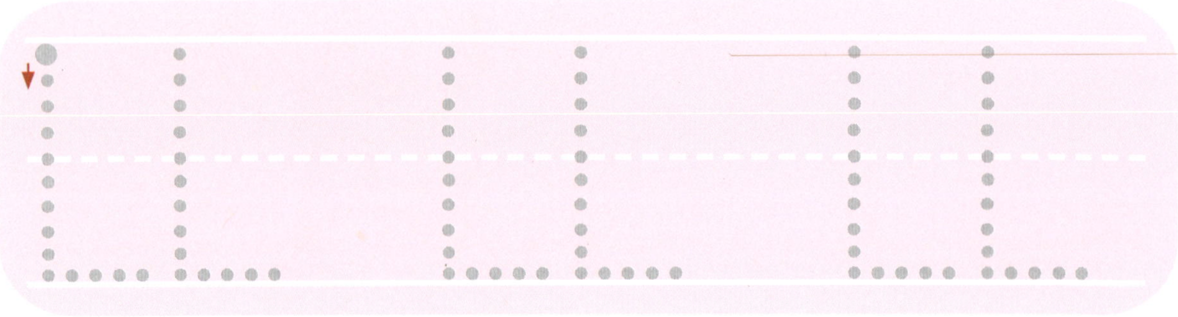

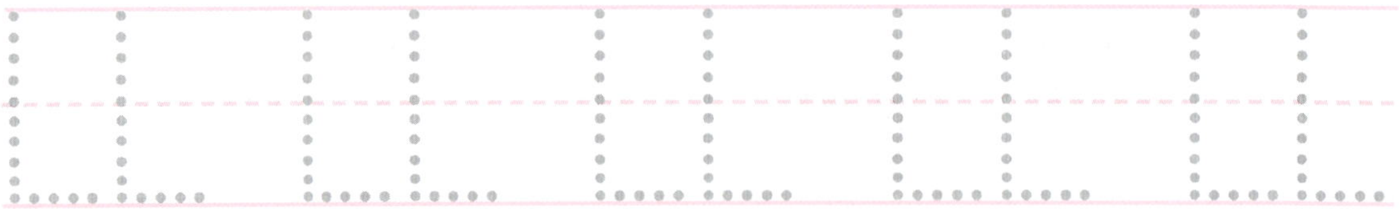

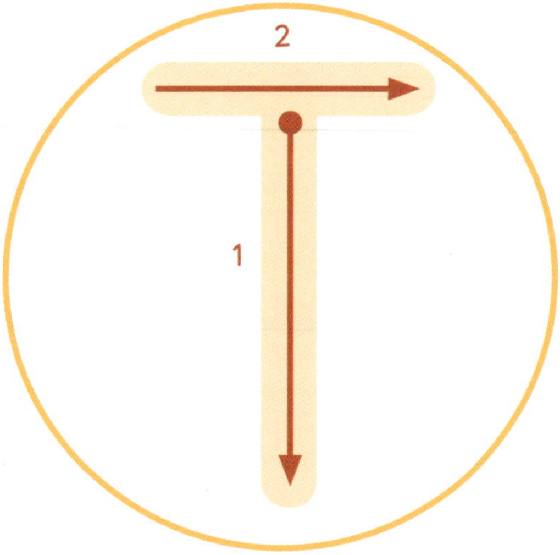
2
1

LL
L
T
S

L
S
LL
L
T

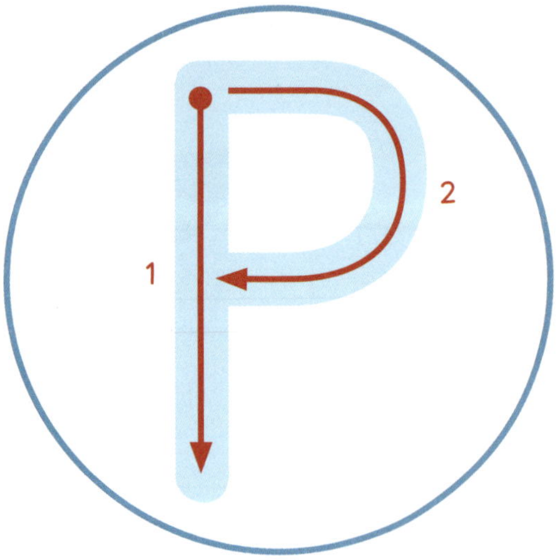
P
1
2

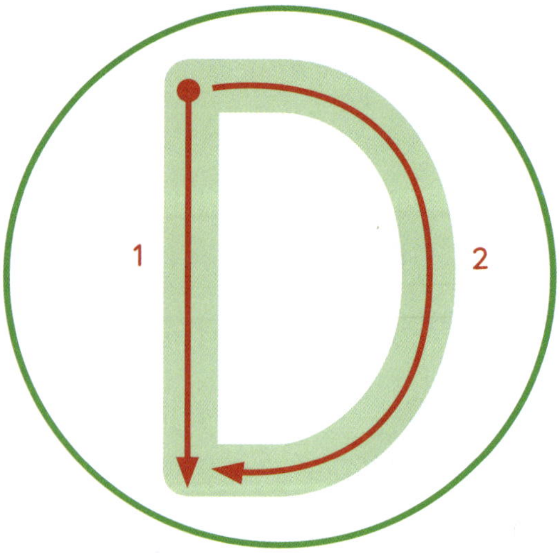
D
1
2

Colorea a Lilo y a Stitch siguiendo la guía de las letras.

D M L A E P U

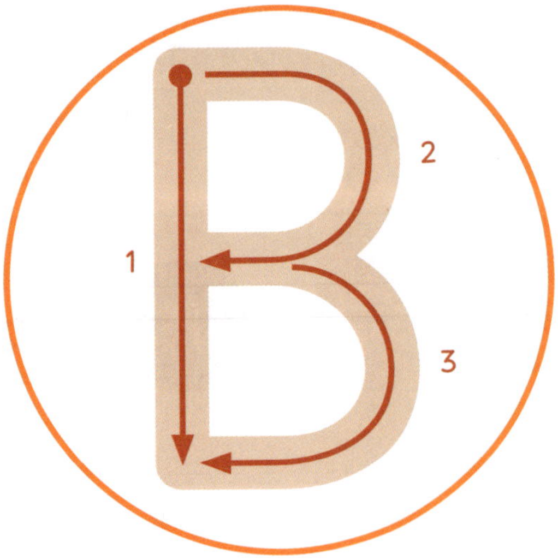
B
1
2
3

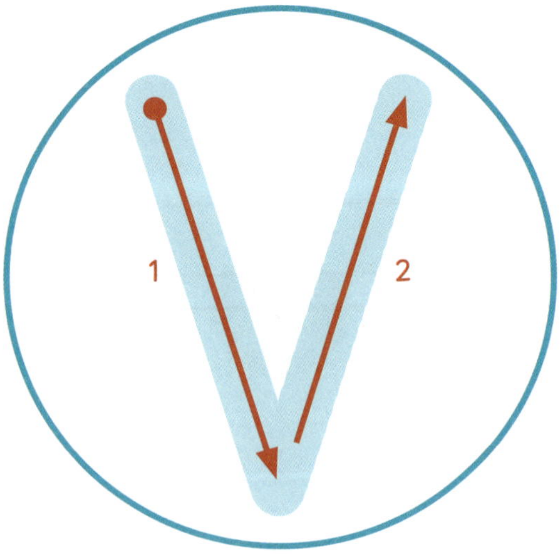
V
1
2

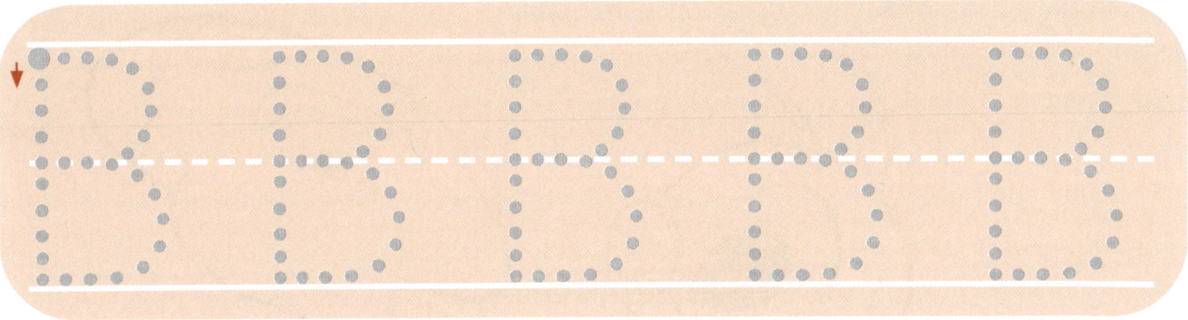

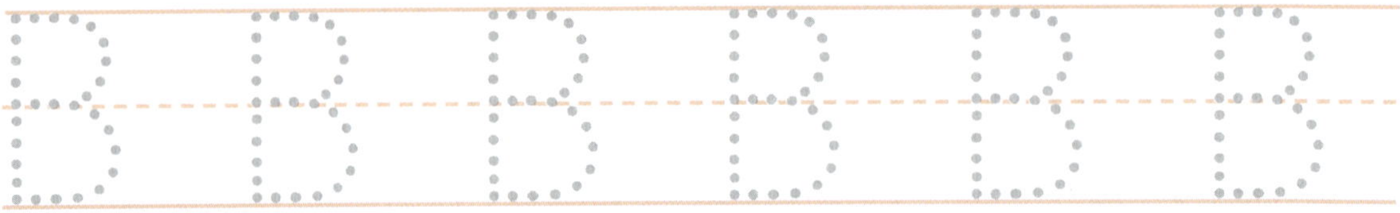

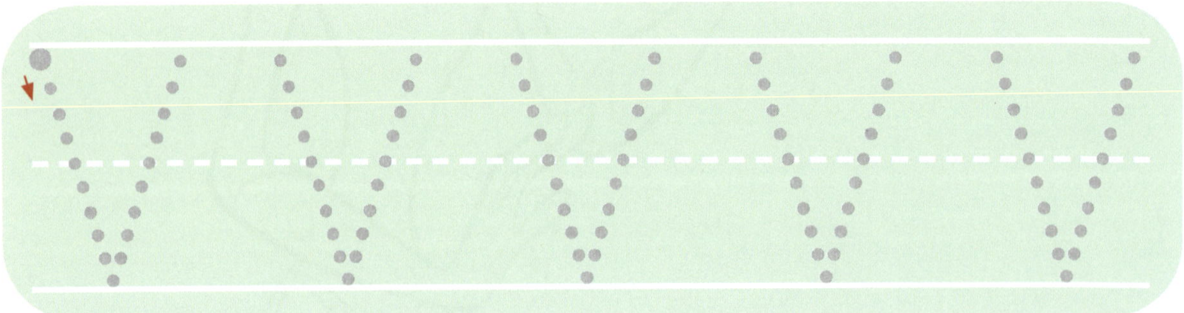

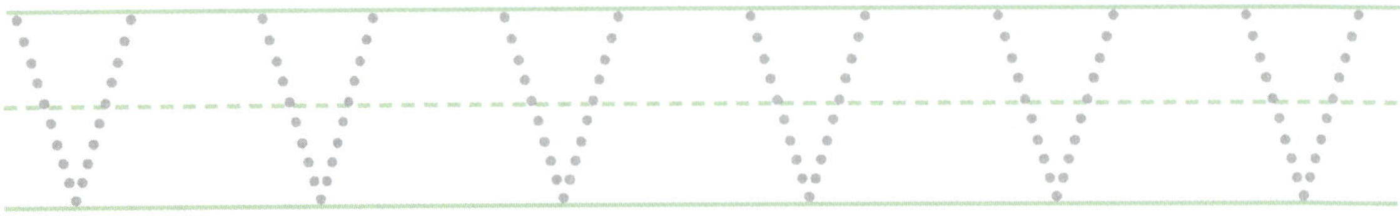

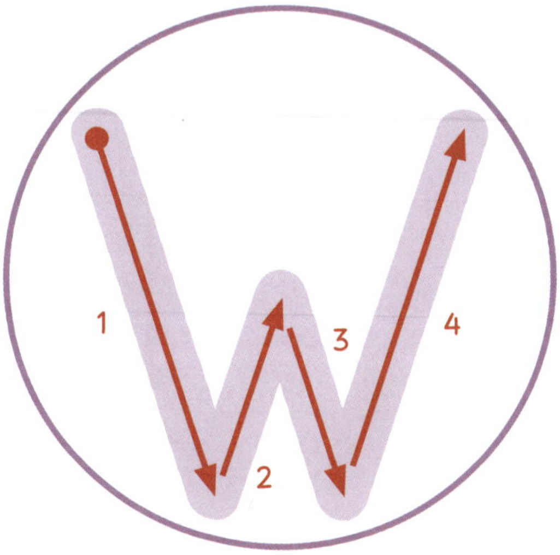
1
2
3
4

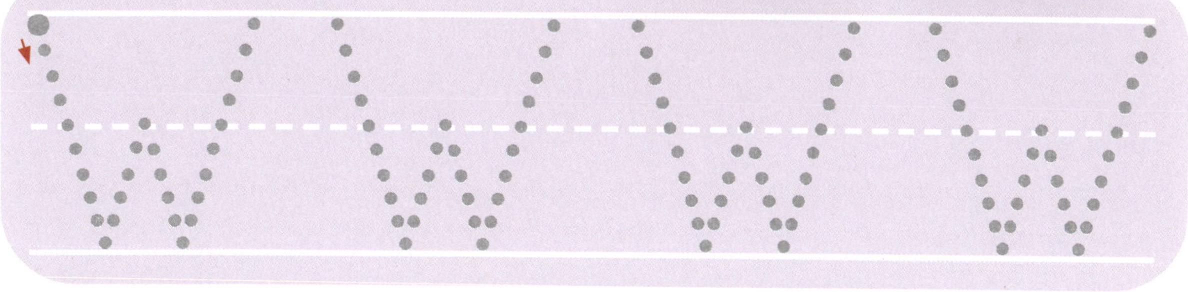

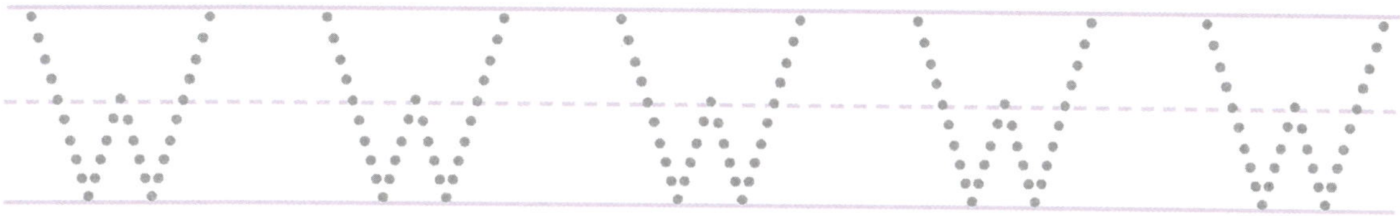

V
B
W
V
V
W
B

B
V
W

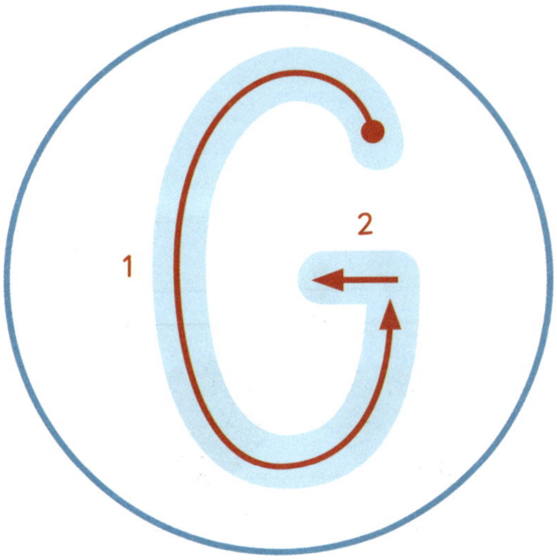
1
2
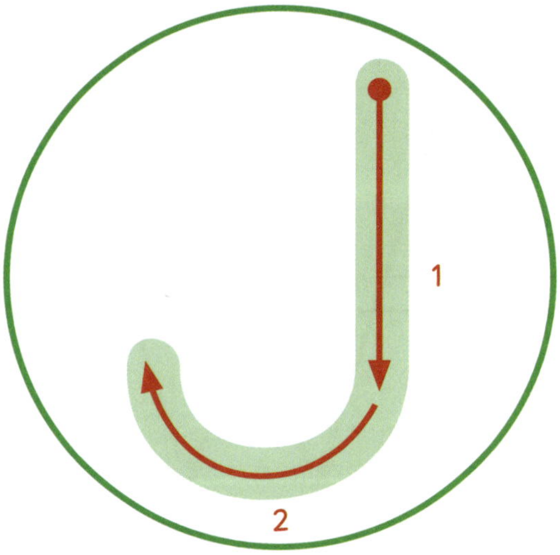
1
2

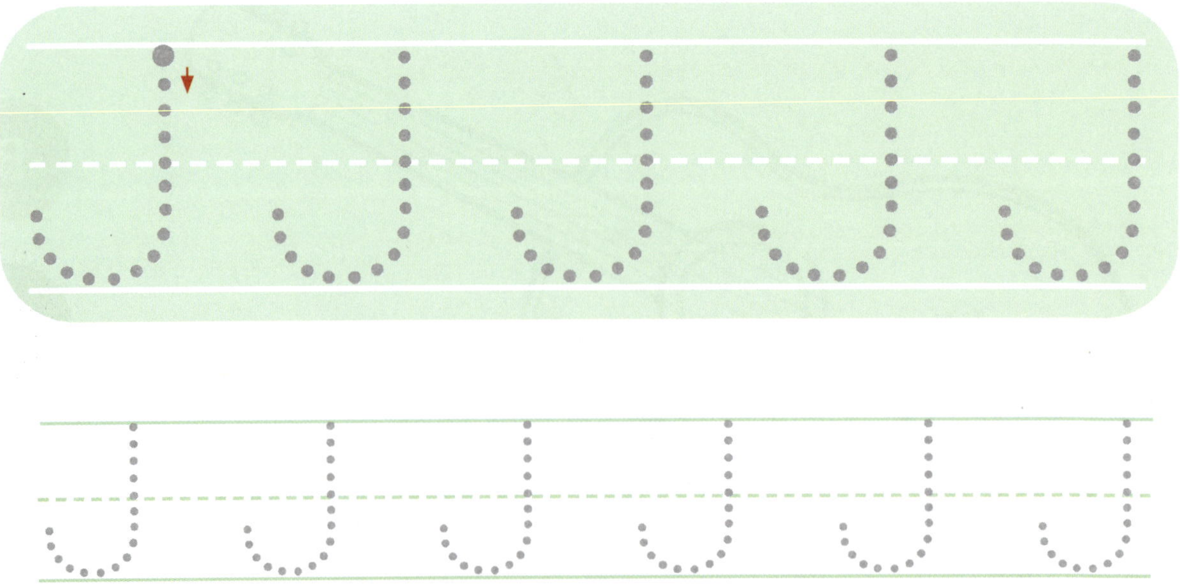

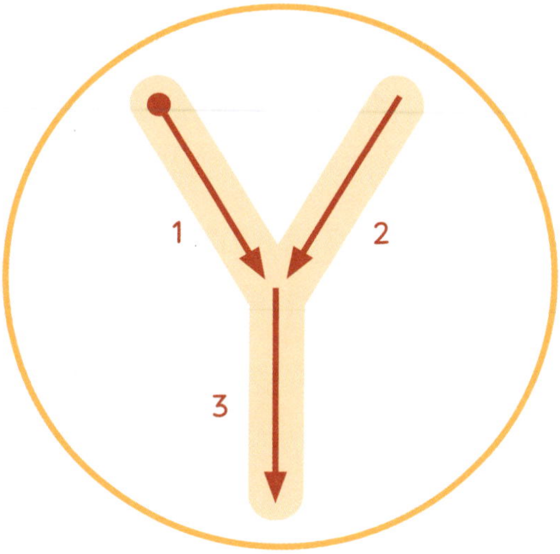
1
2
3

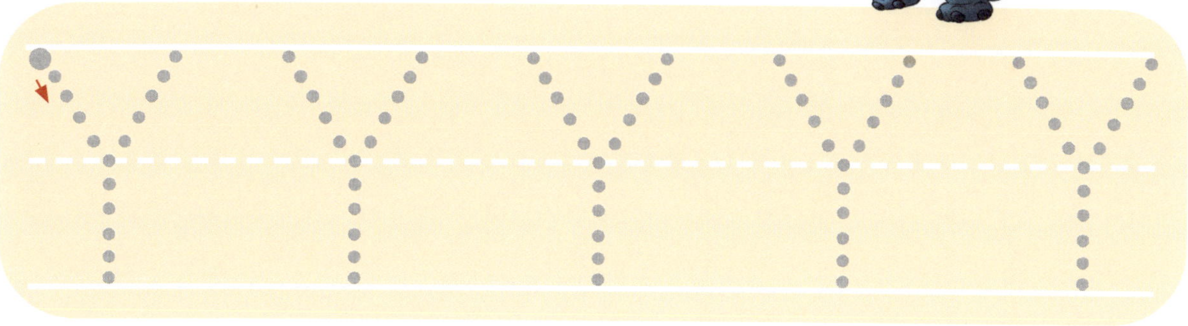

Y Y Y Y Y Y Y Y Y Y
T J J T T J J J T J T T T T J J J T

T
J
Y

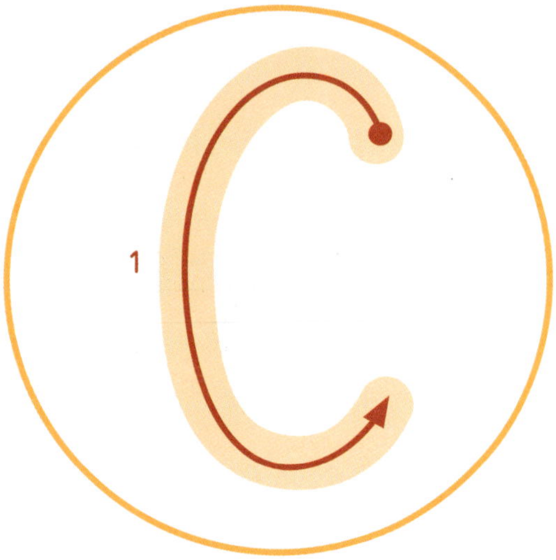
1

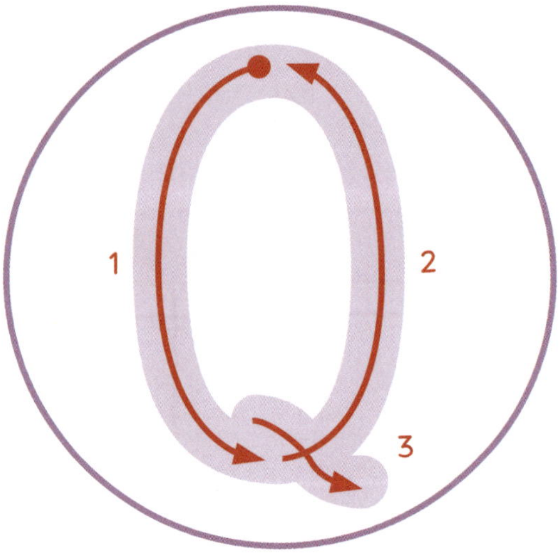
1
2
3

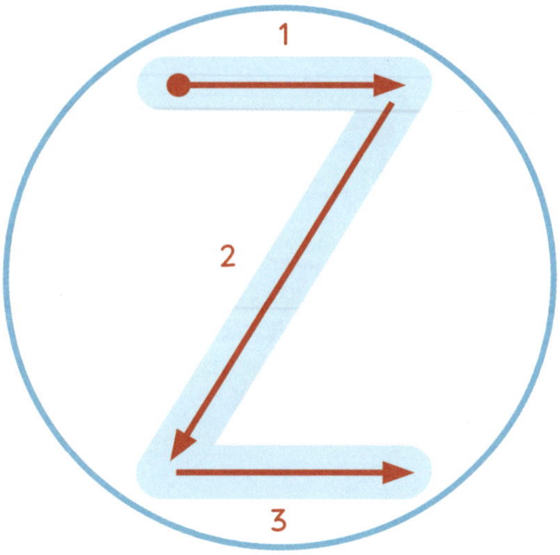
1
2
3

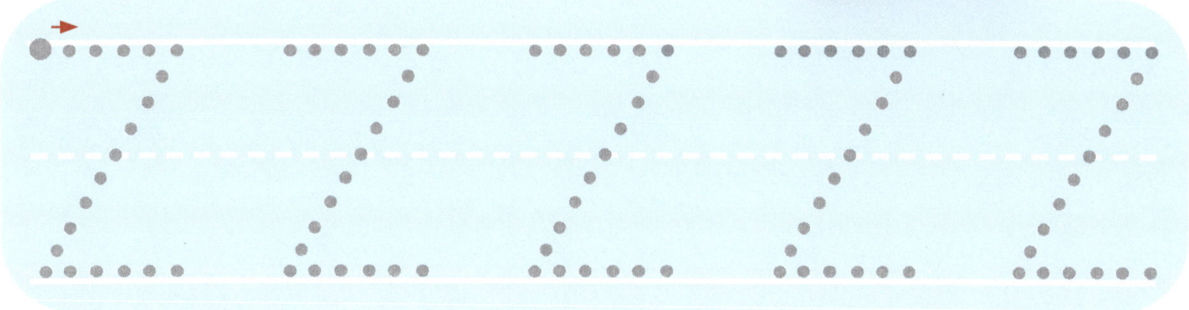

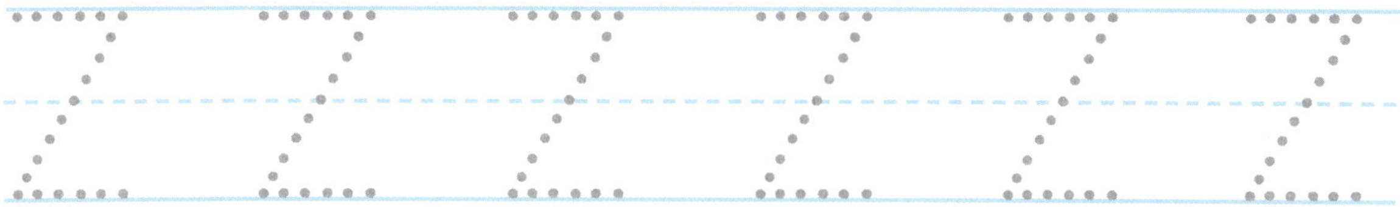

C
C
Q
Y
Z
G
Z
Y
Z
E
Z
Z

C
E
Q
Y
Z
G

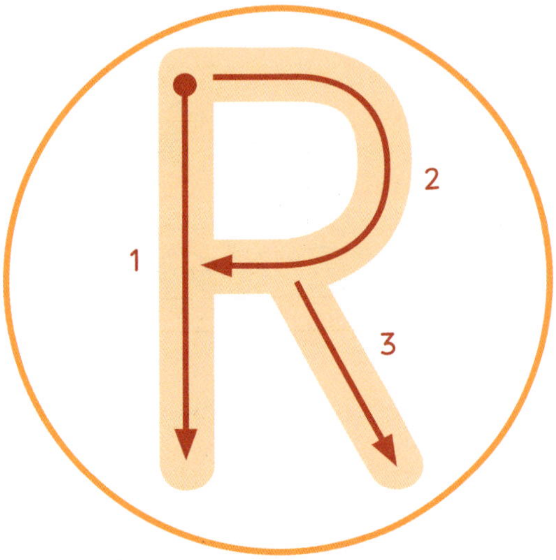
1
2
3

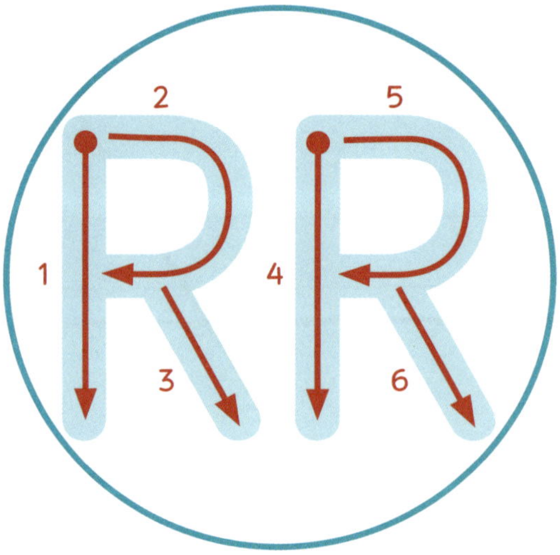
1
2
3
4
5
6

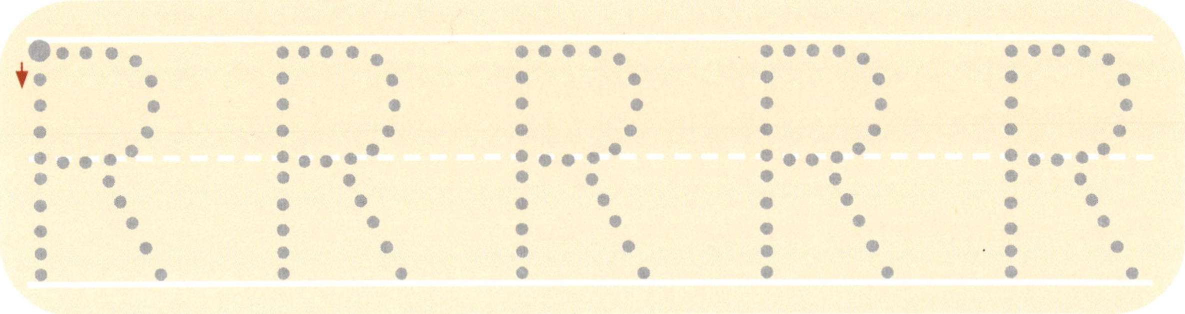

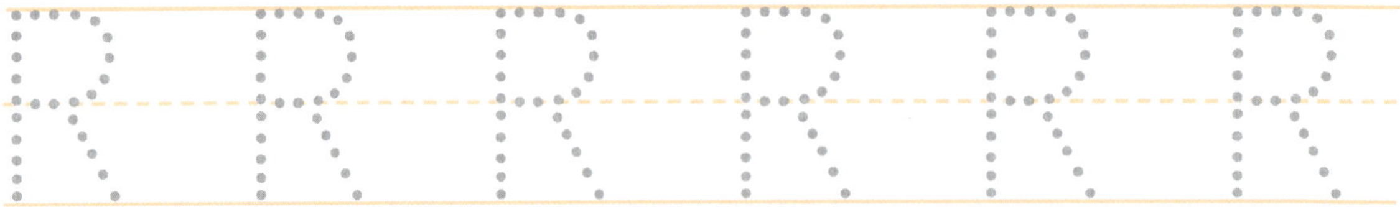

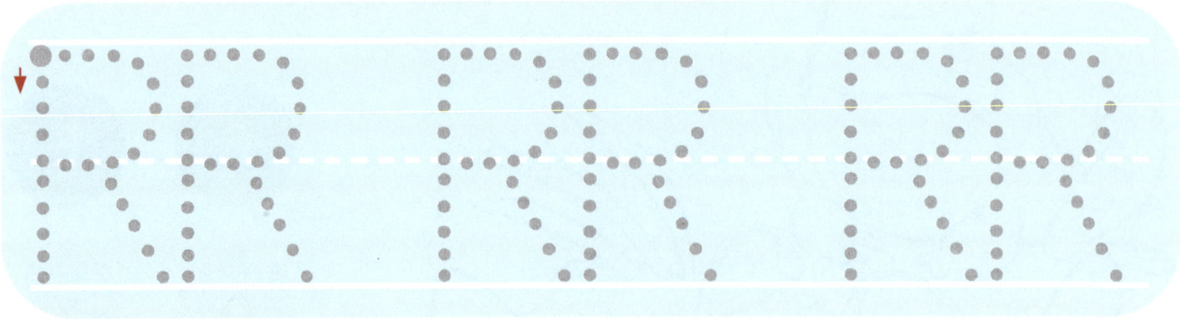

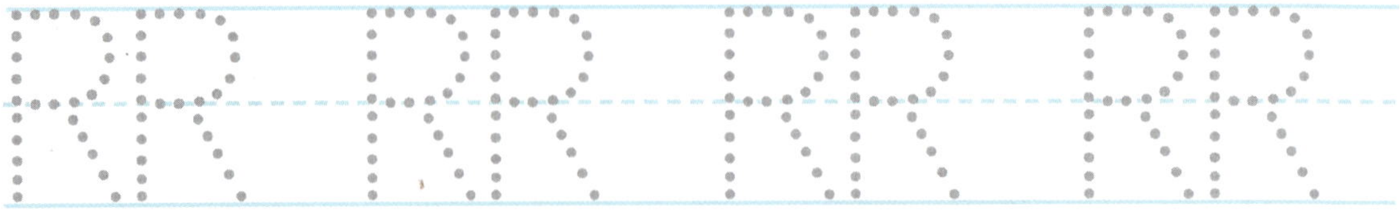

Colorea a Lilo y a Nina siguiendo
la guía de las letras.

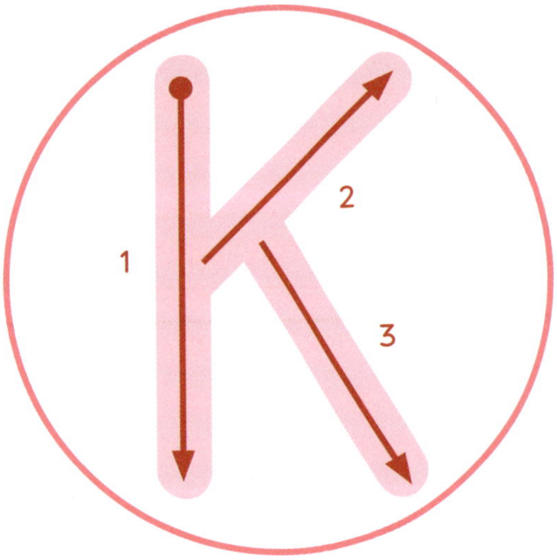
K
1
2
3

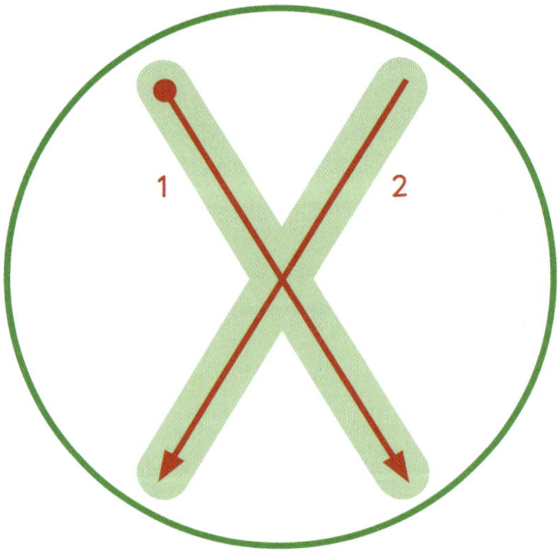
X
1
2

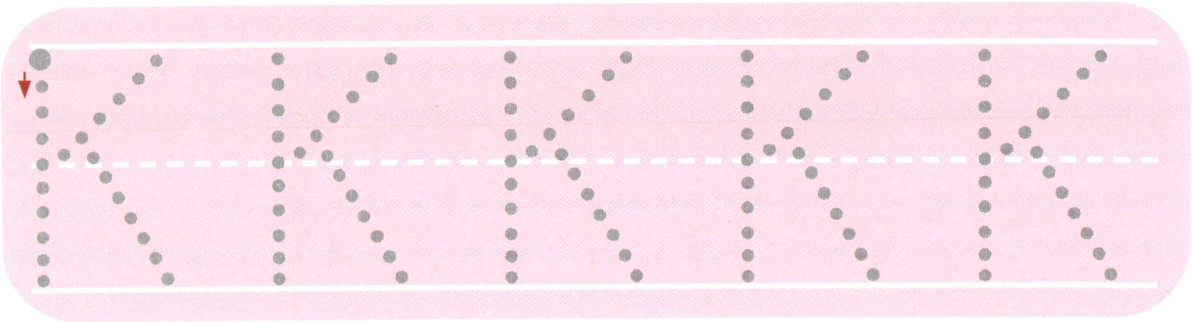

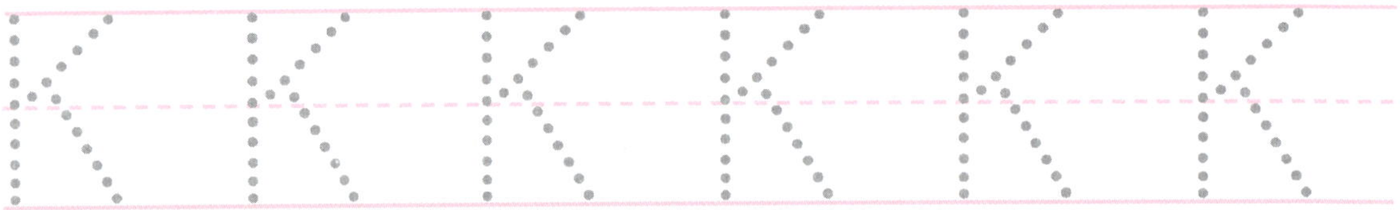

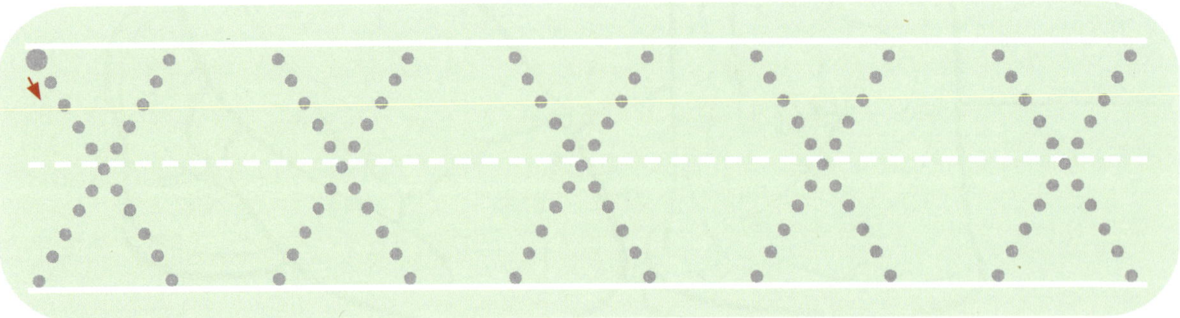

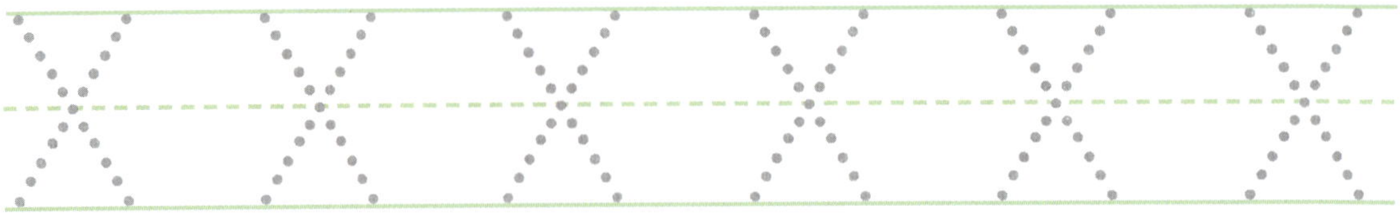

Colorea a Cobra siguiendo
la guía de las letras.

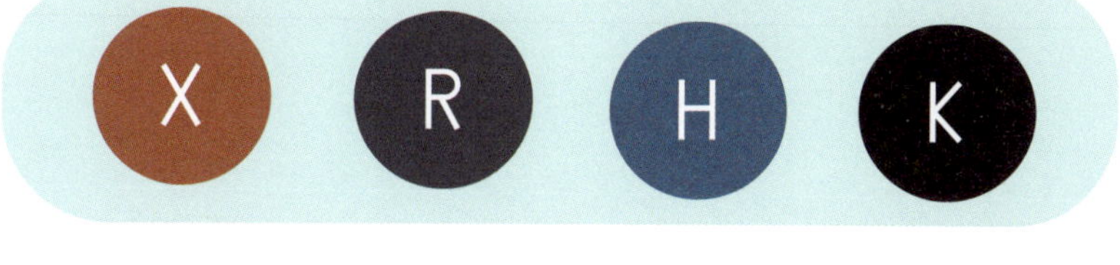

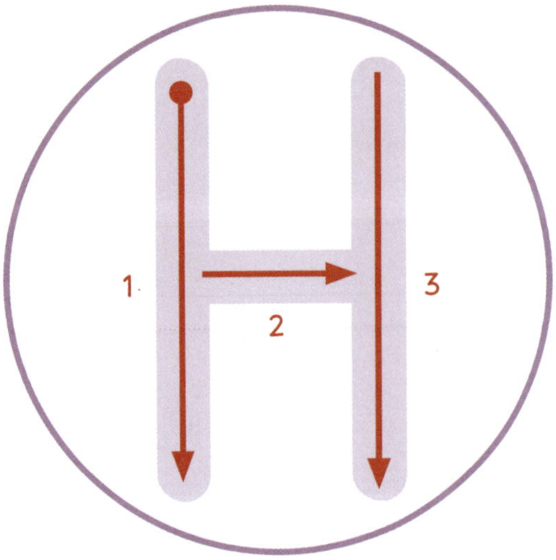
H
1
2
3

CH
1
2
3
4

Colorea a Lilo siguiendo
la guía de las letras.

Otros títulos de la colección

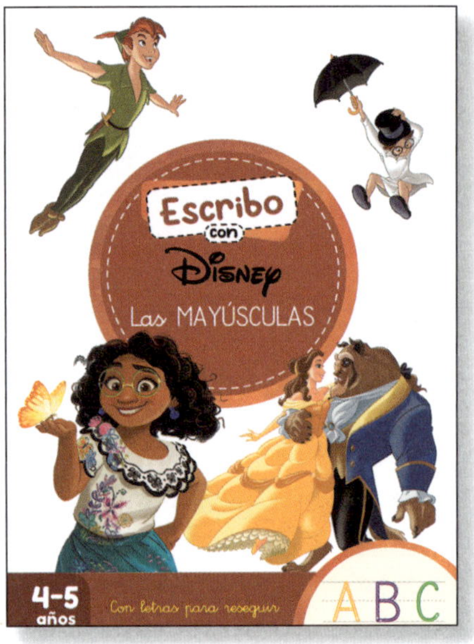